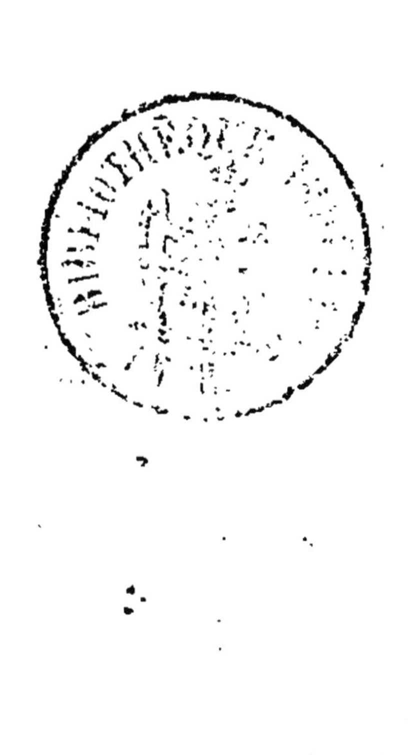

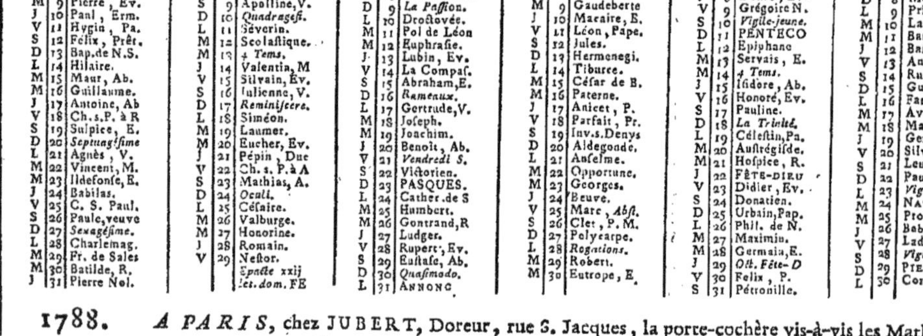

JANVIER.

N.L. le 8. P.Q. le 16.
P.L. le 23. D.Q. le 30

M	1	CIRCONC.
M	2	Basile.
J	3	GENEVIEV
V	4	Rigobert.
S	5	Siméon Sty.
D	6	LES ROIS.
L	7	Théau.
M	8	Lucien, Ev.
M	9	Pierre, Ev.
J	10	Paul, Erm.
V	11	Hygin, Pa.
S	12	Félix, Prêt.
D	13	Bap. de N.S.
L	14	Hilaire.
M	15	Maur, Ab.
M	16	Guillaume.
J	17	Antoine, Ab
V	18	Ch. s. P. à R
S	19	Sulpice, E.
D	20	*Septuagésime*
L	21	Agnès, V.
M	22	Vincent, M.
M	23	Ildefonse, E.
J	24	Babilas.
V	25	C. S. Paul.
S	26	Paule, veuve
D	27	*Sexagésime.*
L	28	Charlemag.
M	29	Fr. de Sales
M	30	Batilde, R.
J	31	Pierre Nol.

FEVRIER.

N.L. le 7. P.Q. le 14
P.L. le 21. D.Q. le 28

V	1	Ignace, Ev.
S	2	PURIFICAT
D	3	*Quinquagesi.*
L	4	Jean de V.
M	5	Agathe, V.
M	6	*Cendres.*
J	7	Romuald, A.
V	8	5 Plaies N.S.
S	9	Apolline, V.
D	10	*Quadragesi.*
L	11	Séverin.
M	12	Scolastique.
M	13	4 *Tems.*
J	14	Valentin, M
V	15	Silvain, Ev.
S	16	Iulienne, V.
D	17	*Reminiscere.*
L	18	Siméon.
M	19	Laumer.
M	20	Eucher, Ev.
J	21	Pépin, Duc
V	22	Ch. s. P. à A
S	23	Mathias, A.
D	24	*Oculi.*
L	25	Césaire.
M	26	Valburge.
M	27	Honorine.
J	28	Romain.
V	29	Nestor.

Epacte xxij
let. dom. FE

MARS.

N.L. le 7. P.Q. le 15
P.L. le 22. D.Q. le 29

S	1	Aubin, Ev.
D	2	*Lætare.*
L	3	Cunégonde.
M	4	Casimir.
M	5	Draufin.
J	6	Godegrand.
V	7	Per. & Félic
S	8	Jean de Dieu
D	9	*La Passion.*
L	10	Droctovée.
M	11	Pol de Léon
M	12	Euphrasie.
J	13	Lubin, Ev.
V	14	La Compas.
S	15	Abraham, E.
D	16	*Rameaux.*
L	17	Gertrude, V.
M	18	Joseph.
M	19	Joachim.
J	20	Benoît, Ab.
V	21	*Vendredi S.*
S	22	Victorien.
D	23	PASQUES.
L	24	Cather. de S
M	25	Humbert.
M	26	Gontrand, R
J	27	Ludger.
V	28	Rupert, Ev.
S	29	Eustase, Ab.
D	30	*Quasimodo.*
L	31	ANNONC

AVRIL.

N.L. le 6. PQ. le 13.
P.L. le 20. D.Q. le 28

M	1	Hugues.
M	2	Fr. de Paule
J	3	Richard, E.
V	4	Ambroise, E
S	5	Vincent Fer.
D	6	Prudence.
L	7	Hegesippe.
M	8	Gaultier.
M	9	Gaudeberte
J	10	Macaire, E.
V	11	Léon, Pape.
S	12	Jules.
D	13	Hermenegi.
L	14	Tiburce.
M	15	César de B.
M	16	Paterne.
J	17	Anicet, P.
V	18	Parfait, Pr.
S	19	Inv. s. Denys
D	20	Aldegonde.
L	21	Anselme.
M	22	Opportune.
M	23	Georges.
J	24	Beuve.
V	25	Marc, *Abst.*
S	26	Clet, P. M.
D	27	Polycarpe.
L	28	*Rogations.*
M	29	Robert.
M	30	Eutrope, E.

MAI

N.L. le 6. PQ. le 12
PL. le 20 D.Q. le 28

J	1	ASCENSION
V	2	Athanase, E.
S	3	Inv. ste Cr.
D	4	Monique.
L	5	Hilaire d'A.
M	6	Jean P. Lat.
M	7	Stanislas, E.
J	8	Désiré, Ev.
V	9	Grégoire N.
S	10	
D	11	PENTECO
L	12	Epiphane
M	13	Servais, E.
M	14	4 *Tems.*
J	15	Isidore, Ab.
V	16	Honoré, Ev.
S	17	Pauline.
D	18	*La Trinité.*
L	19	Célestin, Pa.
M	20	Auftrégilde.
M	21	Hospice, R.
J	22	FÊTE-DIEU
V	23	Didier, Ev.
S	24	Donatien.
D	25	Urbain, Pap.
L	26	Phil. de N.
M	27	Maximin.
M	28	Germain, E.
J	29	*Ott. Fête-D*
V	30	Felix, P.
S	31	Pétronille.

JUIN.

N.L. le 4. P.Q. le
PL. le 18. DQ. le

D	1	Pamphile
L	2	Pothin, E
M	3	Clotilde.
M	4	Quintin.
J	5	Boniface.
V	6	Norbert,
S	7	Mériadec
D	8	Médard
L	9	Prime, E
M	10	Landry,
M	11	Barnabé
J	12	Basilide.
V	13	Ant. de Pa
S	14	Rufin.
D	15	Gui.
L	16	Fargeau.
M	17	Avit, Abb
M	18	Marine, J
J	19	Gervais,
V	20	Silvere, E
S	21	Leufroi, A
D	22	Paulin.
L	23	*Vigile-jeûn*
M	24	NAT. s. J.
M	25	Prosper.
J	26	Ladislas, R
V	27	*Vigile-jeûn*
S	28	PIERRE, s..
D	29	Com. s. Paul

1788. *A PARIS*, chez JUBERT, Doreur, rue S. Jacques, la porte-cochère vis-à-vis les Mathurin

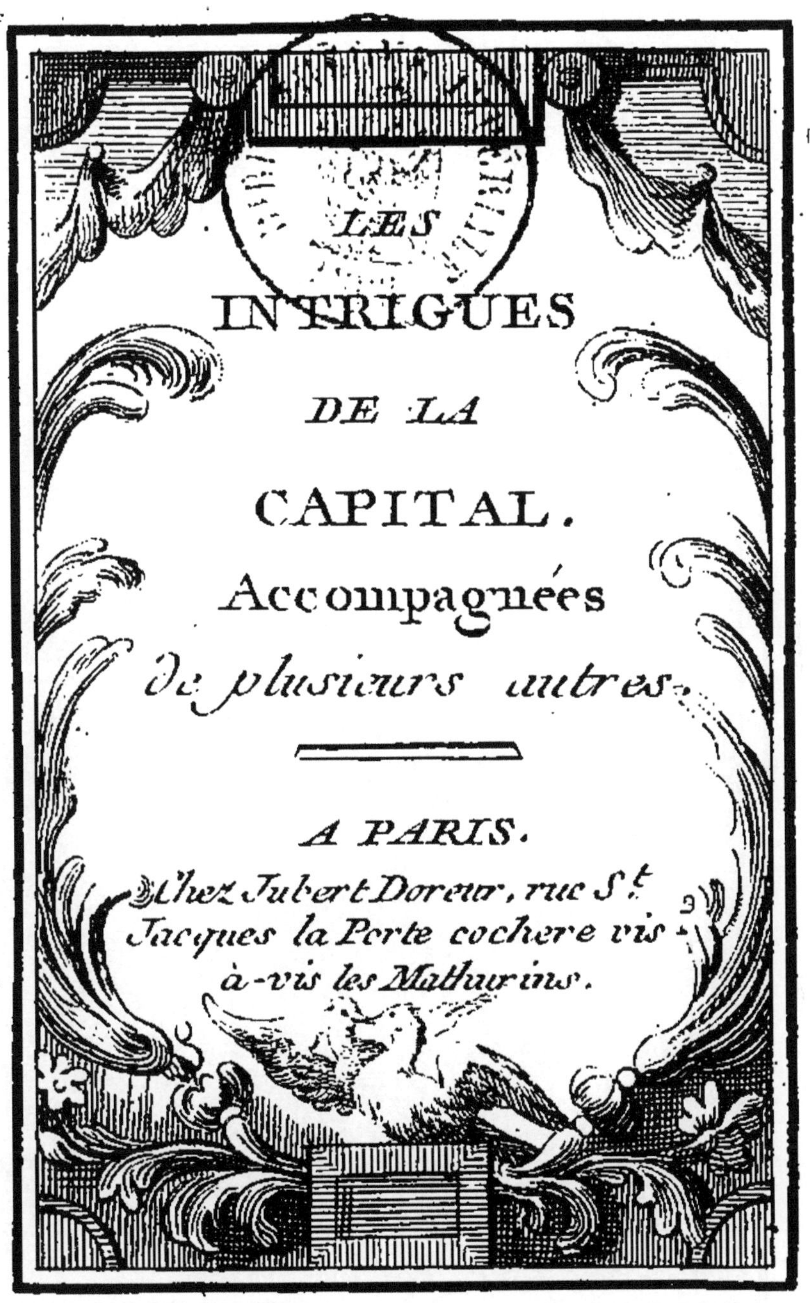

LES
INTRIGUES
DE LA
CAPITAL.
Accompagnées
de plusieurs autres.
A PARIS.
Chez Jubert Doreur, rue St.
Jacques la Porte cochere vis-
à-vis les Mathurins.

L'anti-mesmérien ou le Docteur pour lui même.

L'ANTI-MESMÉRIANA, OU
LE DOCTEUR POUR LUI-MÊME.

Air : *Colin étoit indifférent.*

Un vieux Barbon, de plus Docteur,
Mais non de ce rang empyrique
Dont un charmant et gai *rimeur
A chanté le Panégyrique,
Depuis quelque tems a fait choix
D'une Beauté que l'on admire ;
Elle s'ennuie, et je le crois,
Le vieux Docteur ne fait que lire.

Le moyen d'aimer le Docteur !
Il aime aussi peu qu'il sait plaire
Jamais le moindre ris flatteur,
N'a déridé son front austère.
Toujours lisant, toujours rêveur,

* *Voyez le Mesmeriana ou le Medecin*
des Dames, par M. Du Bacquet

Cacochyme et Sexagénaire,
Quel contraste avec le Docteur
Que l'on chérit tant à Cythère.

———————

Certain jour que dans un Jardin
Qui fait ses plus chères délices,
Il lisoit un auteur latin
Qui du Sexe a décrit les vices,
Clitandre avec empressement
Cueille des Fleurs dans un Parterre
Et déja fort adroitement
Le Don en est fait à Glycère.

———————

A côté du Barbon lisant.
Tacitement la chose faite,
On se promet bien constamment
Une flâme tendre et discrète.
Clitandre a goûté le bonheur,
Il aime un objet qui l'adore
On se sépare, et le Docteur
Est au Jardin qui lit encore.

———————

Le Danger de l'exemple.

LE DANGER DE L'EXEMPLE.

Air : *Sur un Sopha.*

Couchés sur un gazon naissant,
Iris et son amant Clitandre
Se donnoient un gage bien tendre
D'un feu qui les brûle ardement.
Iris disoit, sans se défendre, (Bis)
          Es - tu - fou?
          Es - tu - fou?
Dieux! qu'en dois - je attendre?

Air : *Ce Cher objet Sommeille encore*

Lisidor   et la Jeune Elmire,
Témoins de ces transports heureux
Tous deux s'interrogent des yeux.
La réponse est un doux Sourire.
     Animés du même desir,
Tous deux, tous deux soupirent le
          Plaisir.

Air : *Le dehors le plus séduisant*

Un exemple aussi séduisant
Sans doute invite à la tendresse.
Que n'en faisons-nous tout autant,
Dit Lisidor à sa maitresse ?
Regarde comme ils sont heureux,
Ces deux amans qu'amour inspire.
Bientôt nous le serions comme eux,
Si tu voulois, ma chère Elmire.

Air : *Au mois de Mai tous les garçons*

Chacun attend le dénoüment,
Ou plutôt chacun le devine.
L'Histoire n'en dit rien pourtant
Mais aisément on s'imagine
Que fille éprise en pareil cas,
Rarement défend ses appas.

La Constance éprouvée.

LA CONSTANCE REVÉE.

Air : *Tandis que tout sommeille.*

Auprès de sa Maîtresse ,
Sous un Pavillon frais ,
Un mondor des plus laids ,
Payant cher sa Tendresse ,
Livroit ses sens
Lourds et pesans
Au Dieu de la mollesse .
Amour qui le veut abuser ,
Amour qui prétend s'amuser ,
D'un Songe heureux vient le bercer
Et combler son yvresse .

De ce trompeur délire
Tandis qu'il se repaît ,
Lindor, Amant discret
De la Jeune Thémire ,
Paroît Soudain :
Un tel Destin ,
Amour, est ton ouvrage ?
Le Financier Songe en ronflant
Qu'il est aimé sincèrement

Et dans son rêve séduisant
Il en reçoit le gage.

Lindor à son Amante
Exprime son ardeur,
Et l'instant du bonheur
Pour tous deux se présente.
On rendez-vous,
Loin du jaloux
Se donne avec instance.
Déja Mondor étend les bras
Lindor léger fuit à grand pas.
Mondor s'éveille, et ne voit pas
Le rival qui l'offense.

Plein d'une ardeur nouvelle,
Il prétend désormais
Redoubler de bienfaits
En faveur de la Belle.
Ce Songe heureux
A de ses vœux
Couronné l'espérance
A son cœur je puis me fier,
Se dit le Zélé financier,
Tout mon or ne sauroit payer
Cette rare constance.

Le Doute legitime.

LE DOUTE LÉGITIME.

Air : Qu'il est joli notre petit mari.

Le Bel Enfant souffrez que je l'embrâ.
Au tendre Amour
Sans doute il doit le jour,
Comme lui fait au tour,
Il a ses traits, sa grace,
Quel souris séducteur !
Quel teint ! quelle fraîcheur !
Le bel Enfant souffrez que je l'embru.

Air : avec les Jeux dans le Village.

Ainsi parloit à Dorimène
Le Jeune et poli Corilas.
Cédant à l'ardeur qui l'entraîne,
Il alloit lui parler plus bas.
Mais dans un respect nécessaire
Soudain rentrant, d'œil le retient

On dit qu'a l'ombre du mystère
Amour se plait, et l'on dit bien

*

Corilas contraint de se taire,
À l'Enfant présente un gâteau.
Dieu s'ait s'il voudroit à la mere,
Offrir un plus galant Cadeau.
Le bel Enfant, dit-il sans cesse!
Heureux, hélas! Cent fois heureux
Celui dont la vive tendresse,
Par lui vit couronner ses feux!

*

Le Vieil Epoux de Dorimene
Seroit-il ce mortel chéri,?
L'affirmative est peu certaine,
Quand jeune femme a Vieux mari
Lui même en doute et l'on présume
Qu'il n'a pas grand tort d'en
douter.
Pourtant le chagrin le consume,
A t-il raison de s'affecter,?

La Morale de Cythère.

LA MORALE DE CYTHERE.

Air : *La foi que vous m'avez promise*.

Quand on s'aime d'amour sincère
Pourquoi ne pas se rendre heureux?
Plus on attend, plus on diffère,
Plus les regrets sont douloureux.
Si la vertu, si la Sagesse
Doit avoir du prix à nos yeux,
C'est dans l'âge de la Vieillesse
Où l'on ne sauroit faire mieux.

Puisqu'un même desir nous presse,
Puisque tu m'as donné ton cœur,
Le Ciel nous fit pour la tendresse;
Il nous fit donc pour le bonheur.
Un préjugé trop ridicule
Doit-il t'asservir à ses loix?
Crois-moi ce n'est qu'une formule

Dont l'intérêt seul a fait choix ?.

―――――

Telles sont les vives atteintes
Qu'à Phalis porte Licidas.
La Belle objecte d'autres craintes ;
Pour les détruire autres Combats
Mais c'est en vain que la Pauvrette
Prétend batailler de nouveau ;
Amour, pour hâter sa défaite,
Va la Couvrir de son bandeau.

―――――

Que faire quand on n'y voit goutte ?
Adieu Sagesse, adieu raison ?
La plus Sévère est en déroute,
Quand il faut aller à tâton ?.
On juge donc que la Victoire
Fut bientôt pour l'Amant chéri
Qui dit que la première gloire
N'est pas toujours pour un mari.

―――――

Le Dédain bien Placé.

LE DÉDAIN BIEN PLACÉ.

Air : J'aime le mot pour rire.

Pourquoi tant priser les faveurs
Qu'accorde à ses adorateurs
Toute femme galante ;
Le seul but qui la fait agir
Est celui qui mène au plaisir.
Le seul plaisir de son desir est la
base importante.

Un seul ne lui suffit-il pas ;
Pour flater ses gourmans appas
Un autre le seconde ;
De deux si ce n'est point assés
Plusieurs autres sont agacés..
Voilâ le train (bis) de nos

femmes du monde.

————

Le matin un porte-collet,
Vient avec son gentil caquet
     Egayèr sa toilette.
L'homme de Cour est pour le soir
La nuit pour l'Habillé de noir.
Ajoutez y (bis) la gaillarde
     Epaulette.

————

Captiver ainsi sous ses loix
Tant de courtisans à la fois,
     Dieux! l'étrange manie!
Malgré les charmes du plaisir,
Heureux qui sait se garantir
Des traits malins (bis) de la
     Galanterie.

LES BOIS.

Air : *Chantez, Dansez.*

L'été quel plaisir dans les bois.
Peu distans de la Capitale ?!
Par ma foi, pour les Gens adroits
Les yeux, les sens, touts y régale
Aussi dit-on que quelque fois.
On y va deux, on en vient trois.

Air : *Dessous un If.*

Car sans façon,
Dans la belle Saison
Combien de fois, près d'un buisson
Avec discrétion,
Dans les yeux de mainte Belle,
N'ai-je pas vu l'étincelle
Du Dieu Cupidon,
Et sur leur front
Certain arc rubicond
Qui dit que la raison,
En cette occasion,
J'aurai malgré leur précaution,

Rester sur le Gazon.

Air : *Philis demande son Portrait*.

Tandis qu'avec son Chien, Damon
Folâtre sur l'Herbette,
Sa gentille épouse Alison
Fait voir jambe bien faite.
Desir de voir ces charmes-là
Fait braquer la lorgnette.
On lorgne jambe & Cœtera,
On voit et l'on regrette.

Air : *Du Serin qui te fait envie*.

Malgré vos mamans inquiètes,
En dépit de leurs vieux sermons,
Allez au bois, jeunes fillettes,
Suivez-y les jeunes Garçons.
Les Bois qu'ici j'ai voulu peindre
Ont pour gardes tous les amours
Jugez si vous avez à craindre
Les Loups, les Tigres et les Ours.

Les Bois.

LE MERCIER AMBULANT
ou
LE REFUS INTERESSÉ.

Air : *Vermeille Rose.*

Rien ne me tente,
Dit Célimène à son époux
Qui lui présente
Quelques bijoux.
Cœur sensible et Constant
Amitié vive et pure,
Voilà mon plus cher ornement.
Autre parure,
Cent fois tu me l'as répeté
Feroit injure
A la Beauté.

Air : *O ma tendre musette.*

Un refus aussi tendre
Transporte le mari
On ne peut s'y méprendre,

Il est l'Epoux chéri.
Mais il tourmente, il presse,
Et qu'au moins un ruban
Dit-il, de ma tendresse
Soit un nouveau garant.

━━━━━━━━━━━━━━━━

Air : Laissez-nous donc dormir.

━━━━━━━━━━━━━━━━

Contre sa vive instance
La Belle se roidit.
Pourquoi cette dépense,
Dit-elle avec dépit ?
Je te l'ai déja dit :
Ton Cœur seul me suffit.
Air : la nuit quand je pense à jeanette.
Après semblable apparence
D'un sincère attachement,
Croira-t-on d'intelligence,
Célimène et le Marchand ?
La chose est pourtant certaine,
Elle en reçoit sourdement,
Malgré l'époux qui la gêne,
Un Billet de son amant.

Le Mercier ambulant ou le refus intéressé.

LE POUVOIR DE LA BEAUTÉ

Air : Lisette éclipse a son aurore

Du Sexe la fragile engeance,
De tout tems encline a tromper,
Nous plaît, malgré son inconstance
Et tel qui se voit attraper,
A beau crier, faire vacarme,
La Beauté de l'objet trompeur
Bientôt l'emporte et le désarme.
Dieux ! que le Sexe est Seducteur !

Mineur.

A la Campagne est-on fidele ?
J'en ai douté jusqu'a présent
Partout femme sensible et belle
Peut-elle avoir un Coeur toujours
constant ?
Si plus naïve est la tendresse,
Si plus pures y sont les mœurs,

C'est que le luxe et la mollesse
N'ont pas Corrompu tous les cœurs
même Air.
Les bons habitans du Village
Travaillent du matin au soir.
La femme, au sein de son ménage,
Du travail se fait un devoir.
A la Ville on ne veut que plaire
Et lorsqu'on prétend tout charmer,
A dit un auteur bien sincère?,
On est tout près de s'enflamer.
Mineur.
Pour favoriser une flame?
Il fut toujours maint artisan
Dont l'adroite et secrète trame
Sait endormir l'œil le plus vigilant.
Ici c'est une Bouquetiere?
Qui facilite un rendez-vous,
Et son utile ministère?
Enlève Iris à son Epoux?.

Le pouvoir de la Beauté.

LA DOUBLE INFIDELITÉ.

Air : *Malgré le cas que vous en faites*
(*Ariette des Tetes.*)

J'ai dit plus bas que la manie
Des vieux mâles de notre tems,
Etoit d'avoir femme jolie,
Souvent même avant son printems.
Mais le vieux Saxe est-il plus sage ?
A coup sûr je dirai que non.
Par fois sa raison déménage
A l'aspect d'un jeune garçon. *bis*

Après tout ce n'est point un crime.
On sait que femme à cinquante ans,
Si feu d'Amour encor l'anime,
A droit de caresser ses sens.
Toujours encline à la Tendresse,
Entre nous est-elle à blâmer

Demander à la Jeunesse
Un objet qui veuille l'aimer. (bis)

Est-elle au sein de l'opulence,
Ses vieux appas sont courtisés.
L'or sait rapprocher la distance;
Quand on est riche, on plaît assez.
À ce prix la vieille Lucine
Se promet d'avoir Florimond;
Mais un sort fâcheux lui destine
Un cruel et sensible affront (bis)

Tandis qu'avec impatience
Elle l'attend et se morfond,
L'amant double son existence
Avec l'amante de Damon.
Témoin du trait de l'Infidèle
Son vieux front de rage a pâli
Moi, je dis: de quoi se plaint-elle?
Damon plus jeune est bien trahi. (bis)

La double infidélité.

LA RENCONTRE INATTENDUE.

Air : *Ce fut par la faute du Sort.*

Puis-je donc en croire mes yeux ?
Est-ce bien toi, tendre Lisette ?
Pourquoi ? depuis quand dans ces lieux ?
Satisfais mon ame inquiète.
Quel Dieu propice à mon amour,
Après tant de vives alarmes,
Pour moi fait luire ce beau jour, (Bis.)
Et vient enfin sécher mes larmes. (bis)

Air : *L'amitié seule te séduit.*

Depuis le barbare moment
Qu't'arracha du sein de ton amante,
J'ai pleuré, gémi constamment
Dans une vaine et triste attente.
    Je languissois, hélas !
    Aux portes du Trépas
Lorsque Damis, dont la flâme
        étoit pure,
Voulut me rendre à la nature.

Air : *des Trembleurs.*

Le moyen de se défendre,
Et comment ne pas se rendre,
Quand un amant jeune et tendre,
Offre son or et son cœur !
Ce dernier n'importe guère ;
L'autre dompte la plus fière,
Et quoique je sois sévère,
Ce métal fut mon vainqueur.

Air : *L'avez-vous vu, mon bien aimé?*

Je te le rends, mon cher André,
Ce Cœur plein de tendresse.
Le malheur l'avoit égaré ;
Mais il t'aima sans cesse.
A toi seul je suis désormais.
Crois-en les sermens que je fais.
Mes vœux enfin sont satisfaits,
Grâce au destin suprême !
Si j'ai perdu certains attraits,
   Mon amour est le même.

La rencontre innattendue.

LE VIEILLARD,
COMME IL N'EN EST PAS.

Air : *Présumant trop de ma Lyre.*

Admirez la bonhommie
Du bonhomme Lisimon !
Il a pris par fantaisie
Un jeune et charmant tendron.
Des Vieillards c'est la folie,
Il leur faut à soixante ans,
Fillette sage et jolie ; *bis*
Mais la gardent-ils long-tems.

Les Vieilles gens, d'ordinaire,
Sont jaloux d'un pareil bien ;
Mais Lisimon, peu sévére,
Ne gêne la sienne en rien :
Il sautille d'allégresse
Aux noms de mon cœur, mon bon

Le dehors de la tendresse (bis)
Souvent endort la raison.

————

Avec lui, comme l'on pense,
Un Amant est de moitié :
Heureuse est l'intelligence
Sous le nom de l'amitié,
Tendrement Lisimon l'aime,
Et le bon vieux dit souvent
Que c'est un autre lui-même, (bis)
Il se flatte assurément.

————

Si l'on pardonne a Cephise,
D'avoir fait choix d'un amant;
Que voudra-t-on qu'on lui dise
D'afficher un tel penchant ?
Un mari sexagénaire
A t-il droit d'être jaloux ?
A cet âge il doit se taire (bis)
Dès l'instant qu'il est époux.

Le Vieillard comme il n'en est pas.

JUILLET. — AOUT. — SEPTEMBRE. — OCTOBRE. — NOVEMBRE. — DÉCEMBRE.

JUILLET.	AOUT.	SEPTEMBRE.	OCTOBRE.	NOVEMBRE.	DÉCEMBRE.
N.L. le 3. P.Q. le 10 P.L. le 18 DQ. le 26	N.L. le 1. P.Q. le 8. PL. 16 DQ. 24 NL 31	PQ. le 7. PL. le 15 DQ. le 22. NL. le 29	P.Q le 7. P.L. le 15 DQ. le 22. N.L. le 29	P.Q. le 6. P L. le 13 D.Q le 20. N.L. le 27	P.Q. le 5 P.L. le 13 DQ le 19. N.L. le 27
M 1 Martial.	V 1 Pierre ès L.	L 1 Leu, s. Gille.	M 1 Remi, Evê.	S 1 TOUSSAIN	L 1 Eloi, Evêq.
M 2 Visit. N.-D.	S 2 Etienne, P.	M 2 Lazare.	J 2 Anges Gard.	D 2 Marcel.	M 2 Fulgence,
J 3 Anatole, E.	D 3 Invent. s. Et.	M 3 Grégoire.	V 3 Denis Aréo.	L 3 les Morts.	M 3 François X.
V 4 Tr. s. Mart.	L 4 Dominique.	J 4 Rosalie.	S 4 François.	M 4 Charles.	J 4 Barbe.
S 5 Zoë, F. M.	M 5 Suf. de ste C	V 5 Bertin, Ab.	D 5 Aure, Vierge	M 5 Bertile.	V 5 Sabas.
D 6 Tranquillin	M 6 Tr. de N. S.	S 6 Onésipe.	L 6 Bruno.	J 6 Léonard.	S 6 Nicolas.
L 7 Aubierge.	J 7 Caëtan.	D 7 Cloud, Prêt.	M 7 Serge.	V 7 Willebrod.	D 7 Fare, Vierge
M 8 Elifabeth.	V 8 Juftin, Mar.	L 8 NAT. N.-D.	M 8 Demetre.	S 8 Reliques.	L 8 CONCEPT.
M 9 Cyrille, E.	S 9 Romain, M.	M 9 Omer, Evê.	J 9 DENYS.	D 9 Maturin.	M 9 Léocadie.
J 10 Freres Mart.	D 10 Laurent, M.	M 10 Nicolas Tol.	V 10 Gereon.	L 10 Léon, Pape.	M 10 Valere.
V 11 T. s. Benoît	L 11 Suf. ste Cou.	J 11 Patient, Ev.	S 11 Nicaife.	M 11 Martin, Ev.	J 11 Fufcien.
S 12 J. Gualbert.	M 12 Clair, Vier.	V 12 Serdot, Ev.	D 12 Vilfrid, Ev.	M 12 René, Evêq.	V 12 Damafe.
D 13 Turiaf, Evê.	M 13 Hippolyte.	S 13 Maurille.	L 13 Géraud.	J 13 Brice, Evêq.	S 13 Luce.
L 14 Bonaventur.	J 14 Vigile-jeûne	D 14 Exalt. ste C.	M 14 Califte, Pap.	V 14 Martin, Pap.	D 14 Nicaife.
M 15 Henri, Emp.	V 15 ASSOMP.	L 15 Nicomede.	M 15 Thérèfe.	S 15 Maclou.	L 15 Mefmin.
M 16 N.-D du Ca.	S 16 Roch.	M 16 Cyprien, Ev	J 16 Gal, Abbé.	D 16 Edme.	M 16 Adélaide.
J 17 Sperat.	D 17 Mamès, M.	M 17 4 Tems.	V 17 Cerbonney.	L 17 Agnan.	M 17 4 Tems.
V 18 Thomas d'A	L 18 Hélène, Im.	J 18 Jean Chryf.	S 18 Luc, Evang.	M 18 Mandé.	J 18 Gatien, Ev.
S 19 Vincent de P.	M 19 Louis, Evê.	V 19 Janvier.	D 19 Savinien.	M 19 Elifabeth.	V 19 Némèfe.
D 20 Marguerite.	M 20 Bernard.	S 20 Euftache.	L 20 Sendou.	J 20 Edmond.	S 20 Zéphirin.
L 21 Victor, M.	J 21 Privat, Evê.	D 21 Matthieu.	M 21 Ursule.	V 21 Préf. N.-D.	D 21 Thomas, Ap
M 22 Magdelène.	V 22 Simphorien.	L 22 Maurice.	M 22 Mallon.	S 22 Cécile.	L 22 Honorat.
M 23 Apollinaire.	S 23 Sidoine, Ev	M 23 Thécle, V.	J 23 Hilarion.	D 23 Clément.	M 23 Victoire.
J 24 Christine.	D 24 Barthélemi.	M 24 Andoche.	V 24 Magloire.	L 24 Séverin, Sol.	M 24 Vigile-jeûne.
V 25 Jacques s. C.	L 25 Louis, Roi.	J 25 Firmin, Ev.	S 25 Crépin s. C.	M 25 Catherine.	J 25 NOEL.
S 26 Tr. s. Marcel	M 26 Zephirin.	V 26 Juftine, M.	D 26 Ruftique.	M 26 Gen. des Ard	V 26 ETIENNE.
D 27 George.	M 27 Céfaire.	S 27 Côme s. D.	L 27 Frumence.	J 27 Vital.	S 27 Jean, Evan.
L 28 Anne.	J 28 Auguftin.	D 28 Cérau, Ev.	M 28 Simon s. Ju.	V 28 Softhenes.	D 28 ss. Innocens
M 29 Marthe.	V 29 Déc. s. J.-B.	L 29 Michel Arc.	M 29 Faron, Ev.	S 29 Saturnin.	L 29 Thomas de C
M 30 Abdon.	S 30 Fiacre.	M 30 Jérôme, Prê.	J 30 Lucain.	D 30 Avent.	M 30 Roger, Evê.
J 31 Germain A.	D 31 Médéric, Ab		V 31 Vigile-jeûne.		M 31 Sylveftre.

lequel on trouve toutes fortes de Couvertures , Souvenirs en maroquin & Broderies de toute efpece. **1788.**

9 782014 080162